スタンダード　＊　目次

歌集

スタンダード

エリ

六花書林

スタンダード

装画　永倉万里江
装幀　真田幸治

Ⅰ

チューリップ前線

ゲーテの薔薇　ハイネの菫

16のわたし静かに揺さぶったゲーテの薔薇とハイネの菫

図書館の隅夕焼けにも気づかずに没入しおりハイネの詩集

漠然といつかドイツに行くのだとバッハ弾いてはハイネ読んでは

訳者なる片山敏彦飛び越えて没頭しいるハイネの言葉

罪だとは思いもしない恋をして夕暮れひとりの人を待ちおり

「いと麗しき五月」ハイネの詩と知って振り仮名をふり口ずさみいる

〈愛〉よりも〈憧れ〉こそが相応しいたったひとつの後姿に

金色の背文字の本をいつまでも読み耽る背を見つめるだけで

チェンバロのバッハ「フランス組曲」を聴きながら一度だけでもお茶を

演劇部劇中劇で歌いしは「アルト・ハイデルベルク」のケーティ

どうしても封じられない想いごとその人の住む街に降り立つ

投げられたさりげないその一言を帰りのバスに反芻しつつ

うたたねの腕は痺れて向きなおり猫の上半身に手を置く

約束はしなくてもいい咲きかけた梔子のかたわらで逢えれば
思いだすほどにくるおしその人の唇に乗るわたしの名前

チューリップ前線

はじまりのことば形に変えながら開く一本目のチューリップ

チューリップを合いカギにして訪れる春の女神のフローラようこそ！

春嵐吹き渡りたる次の日はチューリップ日和つぎつぎひらく

チューリップ咲《ひら》かないままに二日過ぎ風の仕業と思いいたりぬ
花ひらく瞬間に出会えたならばそれだけでもう報われるもの

やや傾ぐチューリップの茎一角を春の気配がゆきわたる朝

チューリップならではの存在感が今日のわたしの背中押すから

Left Alone

身に負ったものがたり知らないままに聴きいっているビリー・ホリデイ

ビリー・ホリデイ　マルに愛されながらなぜメジャーな曲も微かな陰り

遠ざかるビリーを想い書かれたと《Left Alone》弾くたび思う

ピアノから滲みだす音ひとつずつLeft Alone All Alone

こんなにもマル・ウォルドロン波立てば我を忘れてコードに沈む

せつなさと重々しさと溜息とアンサンブルの一部となって

ピアノ弾く深まる秋の部屋にいて指の冷たさ耳たぶの熱さ

蓋閉じた後もずうっと指先を去らない締めくくりのDマイナー

炎えた蠟燭

一輪の薔薇いちりんのばらだけが音楽になるおんがくになる

足し算が掛け算に入れ替わるよう四月の終わり芽ぶきの力

鈴蘭に呼ばれて薔薇は咲く薔薇に呼ばれ紫陽花　花ひらくまで

誕生日幾つではなくこの日こそ世界と初めてつながったこと

吹き消せばケーキを汚すこともなくけれどたしかに炎《も》えた蠟燭

忘れたいことは記憶に焼きついて思いださせる日光写真

逢えそうで逢えない夢の水際はぬばたまの午後　しろたえの闇

「けっして」と「ぜったい」混ぜ合わせるうちに混じり気のないときめきになる

夏摘みダージリン

硝子ごし光の春を背に浴びて三毛猫は等身大の夢

遊び着を脱ぎ捨てるほど気軽にはできないけれど手紙を書こう

洗濯機裏にツイッと飛び降りていきなり飛び上がり目が合う子猫

束ねるというをポピーに教わって花畑今年最初の夏日

藍色に「バードランドの子守唄」響く真夜中書きだす手紙

ココナッツの匂いを風に感じたら海辺の夏は駆け出している

どれひとつ指輪をしない部屋の午後夏摘みダージリンのたゆたい

夏至の午後いつまでも暮れきらなくて素足は熱を発しやまない

四千八百キロの物語

イヤリングはずせと言われパスポート写真の耳はこんなに露わ

連なって切れ目なく来るバイクたち川の流れに乗るごと交わし

メコン川その流域が抱きたる四千八百キロの物語

六千人果樹園に負う島巡り竜眼の甘苦き後口

ニッパヤシ数年おきに屋根吹くと島の暮らしのサイクルかこれ

南国の名も知らぬ鳥見え隠れマングローブの隙間を縫って

プルメリア五瓣のたもつバランスはこの国のおみなの物腰か

誂えるつもりで扉押した店わたしを待っていたかの一着

夏の青そうとしか言えないようなレエスの服に袖をとおせば

蓮の花茶、実の砂糖漬けここもまたブッダのもとに寄りあう国か

待つほかはない

呟いただけで一秒前よりも香り濃くして開く梔子

五時までは待っていたこと告げられずくちなしの香をくぐって帰る

約束でつなぎとめてはいけないと日めくり減ってゆくたよりなさ

愛すれば言葉に頼ることさえもしぐさを信じることさえも　今

蝶になり三日羽ばたく命より月下美人の一夜をどうぞ

夜だからブルースを聴く　ブルースを聴く夜だからあなたが欲しい

二度髪を洗う火曜日夕暮れはなかなか来ない待つほかはなく

待っている待ってはいけないない待つしかないない待たずにいたい待つほかはない

かしぐ程の恋の時間を重ねずに熟成なんてありはしない　と

成分は海

水色のジョーロ落とした梅雨晴れのそらに投げようあなたの名前

紫陽花は身の振り方を考えて夏へ次第に染まっていった

振り切って駆けこむ木立ほんとうは追いかけてきてくれると信じて

吹きぬけた風はつかまえられなくて潮の香りをすこし濃くする

空腹の半音階で海沿いをいけば備長炭が突き刺さる

永遠のひるさがりから終わらないたそがれどきへ旅するふたり

ひと夏を一緒に過ごす覚悟なら星入りのカクテルを作って

ふたりともグラスごし吸い込まれゆくブルーハワイの成分は海

密室

セーターに付く猫の毛をはらう手はさっきわたしに触れたばかりの

綺麗だといわせなければその夜の扉は絶対開かないことを

弾けても爆発してもかまわない今宵心はことほどさよう

切り立った崖上に建つ家のよう選択肢なき恋の瀬戸際

境越えぬルールをさしだしたも同じいつでも電話のできる自由の

逢いたくて身を搾るからいくらでもカイエンペッパーかけたし今宵

バジル味タイの焼き飯　キスをする範囲に辛い半日たっても

透きとおることが苦しくなる日には水晶の糸切れてお仕舞い！

天空の小さき密室観覧車味わいつくす十五分間

噓は罪　罪はときめき　ときめきはせつなさ　いつも身を駆け巡る

サックスは大気圏まで突き抜けてあの熱い手を忘れられない

Ⅱ

波音の厚み

ミュールの鼓動

八枚の扉つなげるコスモスの花波を抜けあなたに逢った

よりそって地下鉄の階下りるとき響くミュールの音恥ずかしく

砂時計落ちるまに計られるのは紅茶に秘めた告白のとき

寄せる波刻むウクレレ逢えないと分かっていても見つめる電話

告白にならぬコクハク思い知る十日をおいて夢で逢うとは

美しくならなければと思うから恋の刃先は切れ味がいい

トランプの占い方を忘れても赤、黒、赤と並べてしまう

抱きとめる夕焼け　螺旋階段は星の近くへ星の近くへ

ＭＡＬＴＡ礼讃

サックスにトランペットとトロンボーン重ねブラスは華やかにして

You'd be so nice to come home to
歌のないフレーズこそが染みること《帰ってくれて嬉しいわ》いま

今宵きり六つの楽器作りだす《チュニジアの夜》かくも熱くて

海に向く一角しめる六人の編成ぶ厚い音色のシャワー

吹きまくるサックス今宵十二曲目ピリオド知らぬMALTA礼讃

演奏の余韻のままにドアを出る大きなホチキスみたいな冷気

水木しげる亡き後一番有名な鳥取県人であろうＭＡＬＴＡ

金木犀の雨

ここからが秋　一本の線を引く金木犀でできたクレヨン

見過ごしていたとは認める気になれず種火では済まされぬ恋情

辻辻が香りの滑走路になるか夜の金木犀を思えり

十三夜まどろむ君のそばにいてふっと感じる秋の重力

銀河へとあなたと離陸するもよし木犀の香のなかに眠れば

金木犀の色に雨降るたそがれは約束なんてなくてもきっと

音もなく降る雨時をゆっくりと巻き戻してくもっとゆっくり

息詰める香りくぐって雨音の中靴音を聴き分けようと

月遅れの金木犀は目を覚ましかおりの壁ができている夜

涙の形

星までの距離のようにも思われてあなたの森の奥へ奥へと

あの人を素敵なのだと思うほど自分のいびつさに黙り込む

その中にほうりこまれてみたいのはスイートピーの束息が絶えても

メッセージときめくはずの言葉さえ手には取れないメールもどかし

約束は壊れる　それがヤクソクの証だなんてわたしはけっして

触れたものすべてが薔薇に変わるという魔女の話をだれに告げよう

ビューラーできつく巻いても巻ききれぬ睫毛の長さほどの悲しみ

誰よりも愛したいから誰よりも愛されたくてジャムを煮詰める

チューリップ咲きだす前に今宵見た夢を忘れぬ魔法をかけて

誰がいつ決めたか遠い昔から零れるための涙のかたち

波音の厚み

波音に厚みのあると気づきたり加計呂麻島　渡連浜に泊って

パパイヤは果物ならずこの島では刺身のつまや漬物となる

朝日蟹茹でられ活気づく卓のマラソン談義さらにたかまる

キキキキと守宮は泣いて寄せかえす低めの波と対称なせる

ヤドカリが掌の上で身を翻す直に伝える海の命を

カヌーから眺めているとつぎつぎに岩の周りに生まれでる波

風ノカフェ他には誰もイナイヨト目の前をついと蝶が横ぎる

訪れる予感宿して熟れゆけるパッションフルーツ種なる果肉

かけろまの由来誰にも聞きそびれ島を離れるまた来ん日のため

時間帯指定

時間帯指定して出す贈り物いにしえ月の出を待つに似て

首と耳距離を計って選びだす真珠の艶を晩夏の宵に

エーゲ海の真珠は誰が取りしかと確かめにいくポール・モーリア

タイに棲むアクアマリンに会わんとし今宵あなたは連れだすという

とりどりのビーズ敷きつめ眠ったら古代の姫も知らぬ涼しさ

夕暮れに並んで散歩にいくようなトルコブルーの猫を飼いたい

今はただ安部恭弘の甘やかな切れ味、来生たかおの豊潤

このへんに伝わる虹の呼び名かとお茶のテーブルはにぎわう

ハチノスを四時間煮込む葡萄酒のための時間を日常と呼ぶ

丸のままの南瓜

黄昏がいちばん似合うブランコで一度でもいい待ち合わせたい

雪の街からくるメールひっそりと伝わる言葉日付が変わる

立ちのぼるランプの灯り当てにして夢へあたしをお尋ねください

咲きだした沈丁花には微かながらアールグレイの成分まざる

丸のまま届く南瓜は馬車になるパンプキンパイにしなければ　明日

逢うために待った時間を贈りたく洋食屋風ロールキャベツを

絞りたて取れたて炊きたて揚げたてと　みんな進行形の歓び

春の幕開け疾風のようなキス天然石の店の死角で

年表と地図と時刻表とを持ってあなたと彷徨いたい西アジア

鮮やかな季語

鈴蘭の白・山椒のさみどりとS音涼しく奏でる四月

シャンソンのそよ風・ボサノバの涼風あなた次第の風の演出

ムスカリを気づかない暗号として落ち合いたくて四月の朝に

はつなつは珊瑚、まなつはアクアマリン我突きうごかす思慕の色まで

催涙雨『雨の事典』に引きあててまだまだ知らぬ雨つぎつぎと

アンクレット夏を、ブローチ秋を差すあたしの中の鮮やかな季語

いつのまに葉月駆けさり逝く夏をトルコ桔梗とゼリー寄せにす

冬の季語硬質ばかりにはあらず風花・毛布・焚き火・山眠る

薔薇園

薔薇園は今年のバラに満たされてひそかに探す去年の記憶

薔薇の轍、蔓バラのアーチ抜けてきてふたりしばらく言葉をなくす

木のベンチ薔薇にうもれるようにして座らせている五月の風を

バラだけがわたしを支配する五月たゆたいながらずっとこのまま

競いあう香りに五秒立ちつくす薔薇の魔力を思い知り　そう

はつ夏は花の散らばりやすくして触れたとたんに蕾でなくなる

薔薇色という色はない美しさ極まることを言うそうとしか

一週間早ければまだ一週間遅ければもう薔薇は乏しく

Ⅲ　花園の鍵

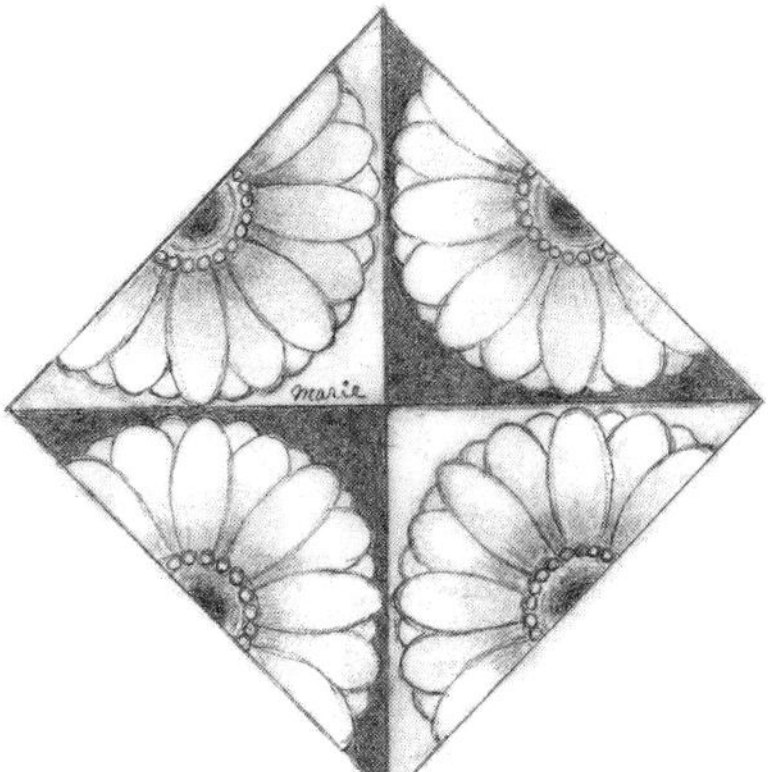

ミモザ

図書館の前のミモザの樹がふいに「春は近い」といった気がして

微炭酸微発泡なる風を浴び女は少女の薄皮まとう

唇を追い越し春はしたたかな翼広げていたりするもの

つなぐ手の吸引力に季節さえすこし急いでかど曲がりくる

溜息は透明な風　妖精に届くハーブの種子を宿して

口数の少なき人のくちづけは月色　春の宵の月色

海に差す月の匂いを知っているミモザが開くミモザが香る

せつなさを押し当ててピアニカは鳴る忘れたくない景色のように

スタンダード

心ごとレイ・ブライアントに揺さぶられぶ厚く響け胸の隅々

秩序なく動きまわっているでないウッドベースの気ままさ巧みさ

セロニアス・モンク黄昏ぐぐる水　マル・ウォルドロン夜更けの波間

サックスを吹く唇に憧れた夜蘇らせてバド・シャンク

もくもくとリズム刻んでいるはずのドラム俄かに華やぎはじめ

トランペット春の黄昏呼びいだしサックスに沿う秋の夕暮れ

「サマータイム」胡弓は描くように弾く時間軸には収まるものかと

ことごとく夢の続きをアナログのブルーベックに酔いしれながら

意識ごと「サテンドール」に鞣めされて気づけば君とこうなっていた

「酒とバラの日々」流れ出し恋人よこう生きるしかないねと言って

香水の封

五月には昔の歌の手触りの風が来ている木々を梳かして

口紅の色した薔薇を送られてよそおう快に浸るしばらく

ポケットにクローバー隠し持つ人は知らず微笑むよりさりげなく

口笛に誘われ思いがけぬほど遠くまできて夏が始まる

あなたしかいない空間広がって植物園も水族館も

香水の封切るときはいつの日も恋に踏み出す緊張はしる

抱き合っただけで蕾は大輪に変わるのだった　ひとつのこらず

火をつけて　今宵のしめくくりにいえばあなた言葉をなくすだろうか

猫より独り

よりそって眠る孤独もあることを知るねむれない苦い夜更けに

喉の奥老いたる猫を飼うような夜更けの君を夢は感じて
夢でなぜ旅立とうとしていたのかと目覚めた君に問えないでいて

寂しいと街いっぱいに書きなぐることができたら　青すぎる空

ひとつずつ命を終えた切花を捨てる栞を挟むしぐさに

誰も見ていないところを目掛けてはソファの縫い目を抉じ開ける猫

16時物音ひとつない部屋にひたすら猫の水を飲む音

日が経てば治る　言い聞かせてみてもささくれ今朝もグキリと疼く

まざまざと記憶は引き出されてゆき「黒いオルフェ」は後半になる

忘れないことには始まらないのだとそのイニシャルを封じてしまえ

猫の息だけが聴こえる部屋にいて一人はついに猫より独り

花園の鍵

柘植の櫛さらりと洗い髪を梳く　とかすではない重みやさしく

蜻蛉玉束ねた髪をつらぬけば十六夜の月と響きあうかも

言葉より熱くつきつけられるから冷えた右手を両手で包む

枕じゅう広がる髪もかまわずに未だ見ぬ夢が今日を封じる

鉛筆の芯の匂いの森を抜け連れていかれた古い花園

花園の鍵は小ぶりな艶消しで樹齢百年の欅のうろに

咲きそうな花見つけたら不確かな約束きっと叶う気がして

「まだ」と「もう」めいっぱい張りつめている朝露祓う蕾の形

ささやかな時間の襞も抱きしめてあなたとすごす一秒一秒

少しだけ道に迷ってしまったらもう戻れない場所であっても

ライムの吐息

素早くて気づかないほどあっけなく小道を走り去る天気雨

風も海もわたしをうずめつくせずにオーガンヂーに素肌転がし

ペディキュアの剝がれを見られたくなくて急きたてている丸テーブルへ

目にみえぬ傷を素肌に走らせてゆくような白いビーズの結び目

レモンより力を込めて絞りきるライムの吐息氷を包む

ボサノバが好きなのは恋してもなおせつないことを知っているから

連れていく　そんな言葉を聴いたから星空行きを待ってしまった

みずたま

さかさまに真っ逆さまに落ちてゆく80年代ポップスの波間へ

水遊び砂浜までは徒歩十分水着にサンドレスを重ねて

紫外線飛び交うこともかまわずに焼けつく時刻めがけ打ち水

果物は美味しい水でできている証拠をみせる桃、葡萄、梨

夕涼み貝の髪留め選ぶまに水羊羹のかたまりかけて

日の高いうちからバルへ嬉しくてサンダル濡らす逃げ水さえも

夕凪の一点淡く沈めつつ水風船をゆらす潮騒

みずたまは滴のかたち呼びこんで溢れる、零れる、散らばる、集まる

日暮らし

朝ごとに空と風透きとおりだし硝子とビーズの季節は終わる

「日暮らしを聴きつつポプラ眺めた」と初めて恋した人の手紙に

その人の耳にずーっと残りたる日暮らしの声になりたきものを

八月の楽譜には無いひとはけの乾いた装飾音符発見

夏からも秋からも解き放たれて九月初めの竜胆の色

季節への助走すこうし遅れがちラ・フランスまた買いそびれては
スカートを翻すのは少女だけそんなことない土曜日である

鍵穴に銀河のかけら潜みいる昨日と今日の入れ替わる刻《こく》

時間の轍

知らされた電話番号　確実に動きはじめた季《とき》の手触り

百合生ける心波だつ黄昏は明日の電話の序章《プロローグ》かも

逢う前の季節サクリと掬い上ぐ現在形の愛であるなら

咲く花を蕾に戻すなどできぬ愛し始めたのだもの既に

鞣された皮のようなる濡れ砂を踏みゆく初夏の引き潮遥か

週末をキラキラ風に溶かしおり夏の住所は海でありたし

織姫の待つ高ぶりが滲みわたる七月七日の夕立の空

交われるときは離るるときよりも短く深く秒針刻む

待つのではなく待ちわびるニュアンスの違いをけっしてけどられぬよう

透き通るグラスふたつを冷やしつつ窮まりてのちの不安兆せる

人ふたり響けることをとめどなく炎となせる　ドライマティーニ

男に女を　女に男を封印す埋め尽くせない時間の轍

後朝の別れ惜しみて見る海の水平線に見られておりぬ

桐壺の更衣のごとく愛されてみたい日もある辛い日もある

新たな風として

長谷川富市

エリさんの歌集『スタンダード』はユニークな歌集である。基調は恋。ありふれた事なのにどうしてユニークなのか、作品を見ていこう。

一、プロローグ　恋の始まり。素直な思いが詠われる。

図書館の隅夕焼けにも気づかずに没入しおりハイネの詩集
罪だとは思いもしない恋をして夕暮れひとりの人を待ちおり
どうしても封じられない想いごとその人の住む街に降り立つ

二、恋の歌。前節の恋はここから急展開する。

切り立った崖上に建つ家のよう選択肢なき恋の瀬戸際

八枚の扉つなげるコスモスの花波を抜けあなたに逢った
十三夜まどろむ君のそばにいてふっと感じる秋の重力
春の幕開け疾風のようなキス天然石の店の死角で
口数の少なき人のくちづけは月色　春の宵の月色
セーターに付く猫の毛をはらう手はさっきわたしに触れたばかりの
喉の奥老いたる猫を飼うような夜更けの君を夢は感じて

一首一首に繰り広げられる恋のパノラマ。それを演出する、切り立った崖上に建つ家、コスモスの花波と八枚の扉、君と秋の重力、天然石の店の死角でのキス、くちづけと月色、（恋人の）手と猫の毛と私、喉の奥に飼う老いた猫と君、のような言葉、これらを取り込んだ歌は自然発生的な恋の歌ではない。作者の意思、すなわち、恋の力を前面に出そうとする作者の意思のもとに一首一首が恋を物語るように演出されている。私はその演出を読者は素直に納得すると思う。納得した後は、一首を堪能すればいい。恋の舞台に浸ればいいのだ。様々な場面が描けるはずである。ちなみに本集作品の配列も作者の意図のもとに入念に計画・設計されている。

三、恋と直接的関係のない歌。

誂えるつもりで扉押した店わたしを待っていたかの一着
呟いただけで一秒前よりも香り濃くして開く梔子
演奏の余韻のままにドアを出る大きなホチキスみたいな冷気
ここからが秋　一本の線を引く金木犀でできたクレヨン
とりどりのビーズ敷きつめ眠ったら古代の姫も知らぬ涼しさ
「サマータイム」胡弓は描くように弾く時間軸には収まるものかと
鍵穴に銀河のかけら潜みいる昨日と今日の入れ替わる刻《こく》

ここでも、ホチキスみたいな冷気、金木犀でできたクレヨン、時間軸には収まるものか、鍵穴に銀河のかけら、のような卓越した比喩が使われている。抄出歌は、勿論、日常詠として鑑賞できる。例えば〈鍵穴に銀河のかけら潜みいる昨日と今日の入れ替わる刻《こく》〉の作。夜遅く鍵をかけるあるいは鍵を開ける、このときこの鍵穴に銀河のかけらが潜んでいるのでは、と思った。これだけでポエジー十分。しかし恋の余情の中に置いた方が断然面白い。恋人を送り出した、又は、デートから帰ってきた時の思いとすると俄然一首が生き生きする。日常詠か恋の余情か、に因って世界が大きく異なる。ここで上掲歌を恋の歌とするのは深読みだという批判が出るかもしれない。しかし、本集の流れの中にこの一首を置くと、下句の「昨日と今日の入れ替わる刻《こく》」には今日から続く明日にも変わらない幸せがあって欲しいという恋の思いが感じられる。

四、拮抗していて二、三のどちらにも分類できない、又は、どちらにも分類できる歌。

その中にほうりこまれてみたいのはスイートピーの束息が絶えても
雪の街からくるメールひっそりと伝わる言葉日付が変わる
寂しいと街いっぱいに書きなぐることができたら　青すぎる空
忘れないことには始まらないのだとそのイニシャルを封じてしまえ
交われるときは離るるときよりも短く深く秒針刻む

五、旅行詠　本集には、数は少ないが、旅の歌もある。

波音に厚みのあると気づきたり加計呂麻島　渡連浜に泊って
カヌーから眺めているとつぎつぎに岩の周りに生まれでる波
風ノカフェ他には誰もイナイヨト目の前をついと蝶が横ぎる

これらの旅の歌さえも恋の余情のなかに置くと特別な味がでる。

総括すれば、二、恋の歌に先導されて三、四、五の歌が出来ている。高揚感という視点から見れば、本歌集の歌は二、を頂上としたなだらかな山の分布をなす。しかし、作品として「山のすそ野」にある歌にも前掲のように優れたものが多い。

作者は恋という人間の生命力にほとんど等しい力を信じている。そして本集の恋は熱々のものが主。恋の不安、悲嘆、苦悩、哀感などは少ない。今後、作者の作品が恋の諸相を通して人生観にまで至るか、又は、この方向で更に成熟するか、読者は本集を十分味わった後に考えてみるのも楽しいであろう。

作者は、本歌集において生活や境涯や家族を詠まず恋を基底として創作の世界を展開した。私はふっと「ベルサイユのばら」や宝塚を思ったが、本歌集が新たな女流を示すものとして、現代短歌に新風を吹き込むことを大いに期待する。最後に、作者は視力をほとんど失っていることを付記する。

あとがき

第一歌集を出してから二十二年が経ちました。その間「短歌人」に入会したり、いろいろなことがあったはずなのに、いつの間にかというのが実感です。

言葉の持つ力、愛の持つ力、短歌の持つ力、目には見えない不思議な力を想い、第一歌集は『媚薬』と名付けました。

今回一冊をまとめるにあたって、どんなタイトルにしようかなと一生懸命考え、「スタンダード」という言葉を選びました。ジャズのスタンダードナンバーが大好きというのもありますが、〈自分の中の大切な定番〉というような意味を込め、恋愛も季節感も生き方も語ることができると思いました。

年齢を重ねるにつれて、悲しいことも辛いことも沢山ありますが、普段あまり実年齢を意識していないことに加え、美しいものや素敵なことを徹底的に表現しても良いのではという想いをこれでもかと紡ぎました。

「見ること」をほぼ奪われているわたしが、残された感覚で感受したのがわたしの歌です。好奇心の翼は休むことを知りません。

そんなわたしの歌たちを見守り、帯文を書いてくださった藤原龍一郎さん、跋文をお引き受けくださった長谷川富市さん、美しい絵で言葉に寄りそってくださった永倉万里江さん、一冊に仕上げるためにお力を貸してくださった六花書林の宇田川寛之さん、装幀の真田幸治さんに心からお礼申し上げます。

最後までページをめくってくださった皆様本当にありがとうございます！

二〇一九年十月　金木犀の咲きはじめた茅ケ崎にて

エ　リ

スタンダード

2020年２月14日　初版発行

著　者――エ　　　リ
mail:eri-chigasaki@w8.dion.ne.jp

発行者――宇田川寛之

発行所――六花書林
〒170-0005
東京都豊島区南大塚３－24－10－１Ａ
電 話 03-5949-6307
FAX 03-6912-7595

発売――開発社
〒103-0023
東京都中央区日本橋本町１－４－９　ミヤギ日本橋ビル８階
電 話 03-5205-0211
FAX 03-5205-2516

印刷――相良整版印刷

製本――仲佐製本

定価はカバーに表示してあります
ISBN978-4-907891-95-4 C0092